AF204227

Hersteller / Manufacturer (GPSR)
Storylution GmbH, Biberstraße 5, 1010 Vienna, Austria
E-Mail: story.one@story.one

Alexandra Vogel

Himbeerjogurt 24 - zum Mitnehmen

story.one – Life is a story

1st edition 2024
© Alexandra Vogel

Production, design and conception:
story.one publishing - www.story.one
A brand of Storylution GmbH

Font set from Minion Pro, Lato and Merriweather.

© Cover photo: Illustration Anja Drollinger

© Photos: Illustrationen von Anja Drollinger

Danke Franka, Biggi, Judith und Lari für eure Gedanken. Danke, Danke, Danke Anja. Ich liebe jede einzelne Illustration. Brillant, wirklich brillant. So ein schönes Upgrade für das Buch.

ISBN: 978-3-7115-4647-0

Und auch wenn sie könnte, würde sie die dunklen Phasen in sich nicht auslöschen, denn die Dunkelheit ist es, wodurch sie das Licht so viel strahlender spüren konnte. Weil sie den tiefsten Schmerz kannte, die einsamste Leere, konnte sie das berauschendste Glück fühlen und in den alltäglichsten Dingen entdecken. Sie konnte sich allein über Wasser halten, Höhenmeter erklimmen und die wunderschönsten Aussichten genießen.
Die Verbindungen zu anderen Menschen jedoch machten sie schwerelos.

Ich wünsche dir Menschen an deiner Seite, mit denen du dich schwerelos fühlst.

Ich wünsche dir Himbeerjogurt 24.
Zum Mitnehmen.

INHALT

1 Himbeerjogurt 24   9

2 Licht an   13

3 Verbindung spüren   17

4 Maria   21

5 Linda   25

6 Hazel   29

7 Liz   33

8 Gaby   37

9 Lina   41

10 Lou   45

11 Bea   49

12 Glück seufzen   53

13 Sternenklar   57

14 Göttinnen der Abendsonne   61

15 Schwerelos sein   65

16 Nacktheit erleben   69

17 Strahlendes Mosaik   73

1 Himbeerjogurt 24

Wonach sehnen wir uns, wenn wir einsam in der Dunkelheit verharren, ohne zu wissen, wann das Licht in und um uns wieder angeht?
Verbindung.
Gehalten werden.
Sonne.

Nicht überraschend also, dass Frida in einer mittelschweren depressiven Episode das einwöchige Retreat "Sturmfrei bei Maria" mit fremden Frauen auf La Palma gebucht hatte. Ihre Buchungsbestätigung ploppte im Februar auf ihrem Handy auf, im Flieger würde sie über sieben Monate später sitzen. Sie konnte sich also sieben Monate an ihrer Vorfreude festhalten wie an einem Rettungsring.
Nicht überraschend und gleichzeitig irgendwie doch. Rückblickend gesehen ist es faszinierend, wie mutig – oder kopflos – der Anteil in Frida war, der diese Auszeit gebucht hatte, während es ihr an manchen Tagen unmöglich erschien, sich in die Küche zu schleppen, um einen Tee zuzubereiten. Stehen konnte sie nicht, solange

das Wasser kochte, weil sie keine Energie hatte. Also saß sie auf dem Boden und starrte abwesend Löcher in die Luft. Alles war zu viel, zu groß, zu komplex, zu anspruchsvoll. Selbst das Atmen schien in manchen Momenten viel zu herausfordernd. Hätte sie nicht in all den Jahren gelernt, wie leben geht und würde ihr Körper manche Dinge nicht automatisch ausführen oder vehement einfordern – wer weiß, wie sie diese Dunkelheit, diese mittelschwere depressive Episode erlebt hätte.

An manchen Tagen war ihr Herz so schwer, dass es ihr schon fast im Magen hing. Sie hatte sich über Wochen so leer gefühlt, energielos, erschöpft, traurig. Unsicherheit und Überforderung waren ihre stetige Begleitung. Sie hatte schon länger über eine Therapie nachgedacht, kam aber jedes Mal zu dem Schluss: 'Es geht mir nicht schlecht genug.'

Wie schlecht muss es einem Menschen gehen, dass es ihm schlecht genug geht?

Wieder und wieder redete sie sich ein, sie hätte kein Recht auf einen Therapieplatz - vielleicht war es aber auch eine Ausrede, sich durch die Suche quälen zu müssen. Irgendwann akzeptierte sie, dass es ihr schlecht genug ging. Die Wochen bis zu einer Zusage raubten ihr viel Energie und zogen sich zäh wie Lakritz: so schwarz, so zäh, so eklig.

Im Nachhinein ist es bemerkenswert, wie Fridas Seele und ihr Körper sie durch diese Phase getragen hatten. Trotz schwieriger Stunden, Tage, Wochen, Monate, blitzten hier und da ganz schüchtern Glitzermomente hindurch, um sie zu erinnern: Das Leben ist schön. Du kannst dir ein richtig schönes Leben machen. Halte durch. Du schaffst es durch die Dunkelheit wieder ins Licht.

Was sie rückblickend verstanden hatte: Ihre Versionen aus den ersten Monaten des Jahres wussten, dass Himbeerjogurt 24 - das Gefühl von Leichtigkeit, Verbundenheit und Glückseligkeit - und die Vorfreude darauf, das Gefühl zu spüren, essenziell für ihren Weg aus der Dunkelheit waren. Deshalb versammelten sie sich zu dem Mutausbruch, eine einwöchige Auszeit zu buchen, von der sie auf Instagram erfahren hatte. Um sich selbst und acht fremden Frauen zu begegnen. Little did she know, dass es die acht glitzerndsten Tage in diesem Jahr werden und sie noch Monate danach davon zehren würde. Little did she know, welche Erkenntnisse die Auszeit ihr schenken und wie sehr sie sich dadurch verändern würde.

2 Licht an

Die depressive Episode zog sich über Monate und war ein Sturm aus tosenden, gewaltigen, meterhohen Wellen, die Frida immer wieder unter Wasser drückten, gemischt mit erdrückender Leere und Dunkelheit, lähmender Überforderung und Glücksmomenten, die manchmal mikroskopisch klein und sekundenschnell, aber auch Quadratmeter groß und sich über Stunden ziehen konnten. Selten waren es Tage. Nachdem sich Frida entschlossen hatte, Johanniskraut einzuwerfen, spürte sie die Leichtigkeit schüchtern zurückkehren. Die Dunkelheit in ihr und um sie verzog sich langsam. Irgendwie war es wie heimkommen. Und doch sollte es noch viele Monate dauern, bis sie in kein tiefes, mentales Loch mehr fallen würde.

In diesem Jahr war Frida die meiste Zeit damit beschäftigt, Gefühle der Leichtigkeit, Inspiration, Lebendigkeit und Wärme wieder dauerhafter in sich zu spüren. Auf La Palma, 798.667 km entfernt von zu Hause, fand sie all das wieder. Vielleicht war es davor auch schon immer mal wieder da – aber auf La Palma, da war es acht Tage am Stück in ihr und um sie. Acht Tage mittendrin im Glück. Es hatte sich eingebrannt in Fridas Zellen, in ihr Unterbewusstsein. Das Glück von damals sollte sie noch lange danach spüren. Eine Auszeit mit fremden Frauen schenkte ihr das Wichtigste, was sie die Monate davor dachte, vergessen zu haben: Die Verbindung zu sich selbst, zu anderen Frauen, die Gewissheit, dass sie nicht allein ist, niemals.

Aber bevor sich Frida leicht fühlen konnte, fühlte sie steinige Schwere. In was hatte sich eins ihrer Vergangenheits-Ichs da schon wieder reinmanövriert?! Im Stuttgarter Flughafen traf sie am Samstagmorgen um 7.30 Uhr auf Gaby und Hazel, in Barcelona stießen Lina und Liz zu ihnen. Im Flugzeug drückte Fridas Herz, es fühlte sich an wie kurz vor einer schmerzvollen Sprengung. Sie freute sich auf die Woche und gleichzeitig war sie so unentspannt, unruhig, besorgt und leicht traurig. Plötzlich war sie wieder da, die Sehnsucht nach Gehaltenwerden. Sich fallen lassen können in die Arme eines Mannes. Aber da war weit und breit keine männliche Energie, die ihr Sicherheit schenkte. Und das suchte sie doch am meisten: Sicherheit. Und Wärme.

Schon am ersten Abend ging Frida mit einem prall gefüllten Herzen ins Bett: Sie hörte das Meer rauschen, spürte Wärme auf ihrer Haut, die ihr der deutsche November nicht gewähren wollte, wurde von einer unfassbar schönen Villa mit Pool empfangen und durch die Gemeinschaft mit den Frauen und den Gesprächsthemen breitete sich gemächlich ein ruhiges Britzeln in ihr aus. Schon am ersten Tag konnte sie viele Impulse und Erkenntnisse mitnehmen – das alles konnte nur gut werden. Inmitten der Gespräche über offene Beziehungen, Krisen, Sucht, Therapie und einer warmen Energie von Minute eins hatte sie das Gefühl: Ja, hier wird es ihr gut gehen. Hier wird sie lernen, das Glück wieder häufiger zu spüren.

3 Verbindung spüren

‚Wie schön es ist, neben Liz aufzuwachen. Ich bade gerne in ihrer Nähe.‘ Müde tapste Frida mit Decke und Kopfkissen barfuß über die kalten, gemusterten Fliesen aus dem gemeinsamen Zimmer und machte es sich auf einer der Liegen neben dem Pool bequem. Erfüllt bestaunte sie den Sternenhimmel und beobachtete, wie sich der Tag langsam ausbreitete und es hell wurde. Nach und nach wurden die anderen wach und gesellten sich zu ihr. Sie wanderten wieder von Thema zu Thema und tauchten tief in ihre Seelen ein. Für manche Menschen mag das ungewohnt oder anstrengend sein, für Frida wurden dadurch Sehnsüchte gestillt. Sie war so gerne in tiefer Verbindung, philosophierte über das Leben, über Gedanken und Gefühle. Langsam starteten sie in den Tag und genossen das mit Liebe angerichtete Frühstücksbuffet. Es fehlte an nichts.

Nach dem Frühstück besuchten die Frauen einen kleinen Markt mit selbst gemachten Produkten der Menschen, die auf La Palma lebten.

Sie schlenderten über den staubigen Erdboden an einem Seifenstand vorbei, an Kleidung und Schmuck. Der starke Wind wehte energisch durch Palmen, Stoffe, Haare. Irgendwann standen drei der Frauen vor Frida und streckten ihr ihre Handgelenke entgegen, die identische Armbänder schmückten, nur in der Farbe der Steine unterschieden sie sich.

„Schau, wir haben uns Freundschaftsarmbänder gekauft. Willst du auch?", strahlten sie Frida an. Frida bemühte sich, mit einem ebenso leichten und breiten Strahlen zu antworten. Sie sagte erstmal nichts, außer „schön". Bevor sie wusste, was sie dazu sagen sollte, waren ihre Gedanken in eine intensive Diskussion verstrickt. ‚Oh, voll der schöne Gedanke!' – ‚Freundschaft, das ist doch nichts, was über eine Nacht plötzlich da ist. Tsss' – ‚Ich brauche eins. Ich spür schon die FOMO ums Eck lugen. Egal wie ich das mit dem Freundschaftsgedanken finde'. – ‚Dein Ernst? Dann sag, dass es ein Symbol der Verbindung für dich ist. Da kann ich mitgehen. Aber sprich nicht von Freundschaft, okay? Viel zu früh dafür.' – ‚Ja, okay. Ein Verbindungsarmband.'

„Mmmh, ich hol mir auch eins. Ein Verbindungsarmband als Erinnerung an die Zeit mit euch." Frida lief mit den Frauen zum Schmuckstand und stellte sich der Herausforderung, sich für eine Steinart zu entscheiden.

Der Mischung an Gesprächsthemen kam Frida schon am zweiten Tag nicht mehr hinterher: Ängste, Tattoos, Polygamie. Sex als Energieaustausch, Sex als Kleber, Sex als Verpflichtung. Die Frauen sprachen darüber, wie klitoral gedacht wurde, wenn es um Sex ging. "Nichts gegen die Klitoris, sie ist toll, aber ich will in den anderen Bereichen mehr Gefühle bekommen". Neugierde lag in Marias Stimme. Zuhause ergaben sich so tiefe Gespräche wie hier viel seltener. Menschen verbrachten selten so viele Stunden am Stück Zeit miteinander. Waren so sehr im Alltag(sstress) eingebunden. Unternahmen Dinge, waren im Tun. Hier konnten die Frauen sein. Sie waren präsent im Moment, füllten den Raum und die Zeit mit ihrem Sein. Sie waren ein Geschenk, jede für sich.

4 Maria

Bevor Frida nach La Palma reiste und Maria nur über ihre Instagram-Storys und Beiträge kannte, dachte sie häufig daran, wie Maria immer und immer wieder davon erzählte, dass sie ihr weiches und wildes Herz leben wolle. Frida wollte das auch. Maria war in einer Sekte aufgewachsen und entdeckte seit ihrem Austritt vor mehr als zehn Jahren, was Leben für sie wirklich bedeutete und wie sie ihres gestalten wollte.

Mit und durch Maria lernte Frida, ihr Leben sanft und liebevoll mit einer Forschungslupe zu betrachten, sich ihrer Neugierde und Abenteuerlust und ihren Impulsen hinzugeben, sich an ihr weiches und wildes Herz zu erinnern. „Lasst uns uns weniger Sorgen machen", erfüllten Marias weiche, klare Worte die Luft, als die Gruppe wieder im deep talk versank. Maria war für Frida der Beweis, wie mächtig und faszinierend Gegensätzlichkeiten in einem Menschen wirken konnten und welche Strahlkraft sie besaßen. In einem Moment teilte Maria inneren Schmerz, im anderen klemmte sie einen Gegenstand zwischen ihre nackten Brüste und lief damit in purer Freude und Albernheit um den Pool. Durch Maria lernte Frida ihre Nacktheit zu umarmen. Nacktheit war für Maria Verbindung zu sich selbst, nichts permanent Sexualisiertes. Wenn Frida könnte, würde sie sich eine Erinnerung einprogrammieren, die ihr immer wieder ins Bewusstsein einblendete, das Leben wie Maria in Spaß, Neugierde und Zuversicht zu gestalten, nicht in Ängsten und Zweifeln. Marias Echtheit schuf einen Raum für Wachstum und Entfaltung, sie öffnete Türen für eine Reise im eigenen Tempo, egal wohin: zu sich selbst, in die Arme anderer Frauen, nackt unter einen Touri Wasserfall, auf die Liege in einem Tattoo Studio, unter den klaren Sternenhimmel in der Bucht am Meer. Wer offen dafür war, erlebte eine bunte Vielfalt von allem, was man sich vorstellen konnte und mehr. Frida war sperrangelweit offen für alles und nahm alles mit, was Maria den Frauen eröffnete.

Würde Marias Leben verfilmt werden, könnte der Titel lauten: „Vom frommen Gebet zur Sex Magic." Marias Reise zu sich selbst, ihre ehrliche, stürmische Entdeckungstour zum Kern ihrer Existenz, unabhängig aller Rollen, die sie in sich vereinte, war Inspiration. Frida hatte aufgehört zu zählen, wie oft Maria sich selbst unprofessionell nannte. Wenn es ein Wort bräuchte, um Marias Arbeit zu beschreiben, wäre es am wenigsten ein Begriff des Mangels, sondern ein Wort der Fülle: Echtheit. Für Frida war es in dieser oberflächlichen Welt genau das, was die Welt brauchte: Echtheit. Flausen im Kopf. Grenzenlose Neugierde. Ungeschminkte Gesichter, zerzauste Haare. Sichtbare Struggles. Menschen, die das Leben ausbalancierten, nicht in Schubladen pressten. Die Welt brauchte Marias Echtheit.

Maria stellte von der Gesellschaft tabuisierte Fragen, als würde sie jemanden Bitten, ihr die Butter zu reichen. Impulsiv sprang sie mit einer Frage auf der Zunge in ein Gespräch wie mit einer Arschbombe in eiskaltes Wasser und spritzte damit alle umstehenden Menschen mit der Frage nass. Zu Beginn fröstelte es einen vielleicht angesichts der überraschenden und irritierenden Frage, aber spätestens beim dritten Mal klang „hattest du schon mal Analverkehr und wie war es für dich?" wie „kannst du mir bitte mal die Butter reichen?".

Orakelkarte

5 Linda

Als Frida, Hazel, Liz und Lina an der Villa ankamen, wartete Linda an dem halboffenen, gusseisernen Törchen. Ein kniehoher Zaun trennte das Grundstück von dem Gehweg. Linda strahlte von tief Innen. Die ehrliche Freude und die Wärme in ihren Umarmungen ließen vergessen, dass die Frauen zuvor am Flughafen von Kälte, Nebel und Regen begrüßt wurden. Linda war Marias Freundin und das Special, von dem die Frauen nicht wussten, dass sie es zu allem noch on Top bekommen würden. Sie hatte eine wache Ausstrahlung, ihre Augen glitzerten voller Vorfreude. Linda bereicherte diese Auszeit sehr mit ihrer einfühlsamen Art. Manchmal stellte sie bedacht scheinbar einfache Fragen, die jedoch einen inneren Wirbelsturm auslösen konnten. Keiner der Sorgen entstehen ließ, sondern einer, der zum Nachdenken und Erkennen anregte. Ihr quirliges Lachen war sanftes Kribbeln im Bauch.

Linda war wohl fast jeden Morgen das Highlight für Frida und die Frauen, wenn sie in schöner Nachtwäsche und noch schöneren, wechselnden Morgenmänteln aus ihrem Zimmer, am Pool entlang, auf die Frauen zu schwebte und sich neben sie auf die Poolliegen setzte. Ihr weicher, dicker Körper mit seinen Rundungen stand im Kontrast zu manch anderen Körpern am Pool, die kantiger waren, dünner, mit weniger Rundungen. Genauso wie die Frauen in ihrem Inneren, in ihrer Biografie und in ihren Lebensrealitäten unterschiedlich waren, genauso unterschiedlich waren die Körper der Frauen. Während in anderen Situationen Frauen das Aussahen der anderen bewertet hätten, fanden hier nur bestärkende, heilende Worte Raum. Nach einer langen und beschwerlichen Reise war Linda in ihrem Körper angekommen, feierte sich und ihr Leben in kurzen Hosen und in Bikinis. Sie strahlte aus, was für andere noch nicht in Reichweite war: ‚Ich bin okay mit meinem Körper, ich erlebe so viele fantastische Dinge, weil er es mir ermöglicht.‘

Für manche Frauen war Linda eine Erinnerung an die Magie und die Kraft von Orakel- und Tarotkarten, für andere, so wie für Frida, eröffnete sie unbekannte Räume. Räume, die Linda sicher und selbstverständlich in all der energetischen Fülle halten konnte. Linda bewegte sich auf einer anderen spirituellen Ebene. Das psychologische Wissen, das sich Linda angeeignet hatte, gemischt mit prägenden Erlebnissen, die sie auf ihrer Lebensreise erfahren durfte, füllten Fridas Durst, zwischenmenschliche Beziehungen besser verstehen zu können und ihrer eigenen Heilung noch mehr Liebe und Aufmerksamkeit zu schenken. Seit vier Jahren war Linda auf Weltreise, wodurch sie eine Sammlung an unterschiedlichsten Erfahrungen und Erlebnissen in sich trug. Frida liebte Lindas Geschichten, am meisten die über den marokkanischen Gewürzmann, der Linda einen wunderschönen Gedanken mit auf ihren Weg gab: „Vielleicht bin ich nicht in dein Leben gekommen, um zu bleiben, sondern um dir zu zeigen, was für dich alles möglich ist." Jedes Mal, wenn Frida an diese Worte dachte, durchschoss sie ein elektrisierender, aufgeregter Wärmeschub und sie stellte sich die immer gleiche Frage: ‚Was war alles für mich möglich?'

6 Hazel

Für Hazel waren acht Tage La Palma ein wichtiger Sprung in ihre eigene Freiheit. Tag um Tag, Nacht um Nacht durchwanderte sie ihre Verwandlung ein Stückchen mehr. Für Frida erschien es so, als dürfte sie die magische Transformation eines Schmetterlings beobachten, der sich aus dem Kokon puppte. Als wäre Sturmfrei, die Frauengemeinschaft, das sich gegenseitige Halten, der schützende Kokon, der sie zu ihrer Verwandlung anstupste. Ihr zuflüsterte: ‚Du bist bereit. Mach dich los. Breite deine Flügel aus und flieg.‘

Als Frida am Flughafen auf Gaby und Hazel zulief, nahm sie eine ruhige, unsichere, schüchterne Hazel wahr, was sicherlich auch an der Tatsache lag, dass fliegen nicht zu Hazels Lieblingsaktivitäten zählte und ihr Puls sich in unbestimmten Höhenlagen bewegte. Dennoch hatte sie sich gewagt und sich diese Reise geschenkt, sich einer unvergesslichen Horizonterweiterung hingegeben. Die Unsicherheit und Schüchternheit, die Frida anfangs spürte, verpufften nicht von jetzt auf gleich, sondern verfärbten sich langsam. Am Ende war immer noch beides da, aber in anderen Farbnuancen. Beides hatte sich mit einer Prise Selbstsicherheit gemischt, strahlte eine Nuance Selbstbewusstsein heller. Frida wünschte sich sehr, dass Hazel vergangene schmerzvolle Erfahrungen in den schwarzen Sandstrand vor der Villa mischte und angelernte einschränkende Denkweisen auf die Steinmauer am Strand setzte, damit sie stattdessen die Freiheit und Lebendigkeit des Meeres in sich aufsaugen konnte. Hazel sollte mit weniger emotionalem Gepäck abreisen, als sie angereist war. Genauso wie alle anderen.

Hinter Hazel lagen keine einfachen Monate. Das Leben hatte sie ordentlich durchgeschaukelt. Hazel war Anfang 30, Single, chronisch krank und langzeit krank-geschrieben. Wie viele Frauen Anfang 30 schwirrten um sie herum starre, veraltete Gesellschaftsnormen wie ein lästiger, flimmernder Fliegenschwarm in der Abenddämmerung: Mit 30 müssten Frauen angekommen sein im Leben. Zufrieden und erfüllt mit Mann, Kindern, Haus, Hund, Gartenzaun das Leben genießen. Wenn Frida sich zwischen den Frauen umschaute, konnte sie in den Frauen viel Genuss spüren, aber einen, der nicht an Mann, Kinder, Haus, Hund,

Gartenzaun geknüpft war, sondern an die Verbindung zu sich selbst. Bei manchen mischte all das im Hintergrund mit, bei anderen nicht im Entferntesten. In Hazel mischten sich ab und an ihre Gedanken und Gefühle um die Exbeziehung zu einem wilden, abgestandenen Cocktail, den die Frauen gemeinsam mit ihr in die Magnolienbäume am Pool entleerten und einen frischeren, fruchtigeren Cocktail eingossen. Keine dunkle Brühe aus leeren Versprechungen und manipulierenden Verhaltensweisen. In manchen Augen hatte Hazel wenig. In Fridas Augen jedoch hatte sie die Freiheit, sich selbst kennenzulernen. Zu prüfen, wie sie ihr Leben leben wollte, womit füllen. Wie viele Menschen stecken in einem scheinbar perfekten Leben fest, aber sind weit weg von Perfektion, von einem Leben, das sie bis in jede Zelle erfüllt. Hazel aber war auf dem besten Weg zu ihrer ganz persönlichen Erfüllung. Ihre Stärke, zu ihren Überzeugungen zu stehen und gegen starre Konventionen aus der Herkunftsfamilie aufzubegehren, war ein Kraftakt. Doch jeder Schritt lohnte sich, denn er schenkte ihr ein Stück mehr Freiheit und Selbstverwirklichung.

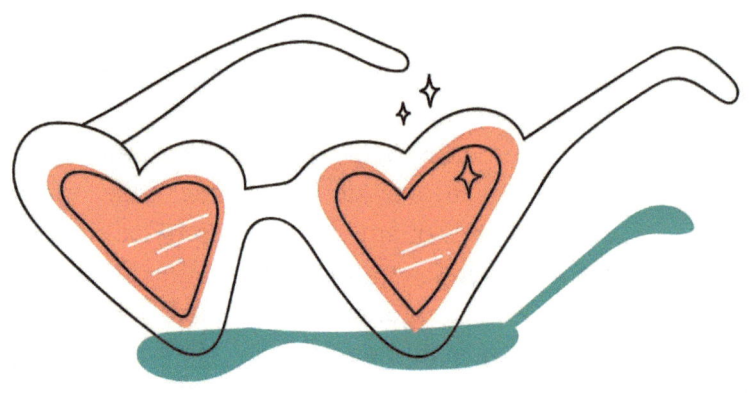

7 Liz

Mit Liz war es für Frida Liebe auf den ersten Blick. Ihre Energie konnte ganze Hallen füllen, ihre sanfte, ruhige Wärme, die irgendwie vibrierte und durch die Menschen nicht anders konnten, als in ihrer Nähe zu sein, umhüllte Frida immer wieder aufs Neue.

Als Frida und die anderen in Barcelona auf den Anschlussflug warteten, standen sie in einem Laden auf einmal voreinander und schauten sich in die Augen. Vielleicht hatte Frida auch tiefer geschaut. In Liz lebte eine alte, weise Seele. Sie hatte so vieles erlebt, Prägungen gesammelt und war durch verschiedenste Erfahrungen zu einer unglaublichen Persönlichkeit gewachsen. Wenn Frida Liz anschaute, kehrte Frieden in ihr ein. Sie konnte nicht anders als hin zu Liz, hätte sie sich von ihr abwenden wollen, wäre sie durch die magnetische Anziehung zu Liz hingezogen worden. Liz Augen waren immer wach, sie war immer präsent im Moment. Sie stülpte nicht über, was sie wusste, sondern teilte, wenn Fragen im Raum waren.

Sie war keine Besserwisserin, obwohl sie vieles besser wusste. Sie kommunizierte sanft. Immer. Liz Umarmungen waren die, die einem das Gefühl gaben, am sichersten Ort der Welt zu sein, eine Umarmung war wie fünf Stunden Waldbaden. Liz nah zu sein bedeutete, zur Ruhe zu kommen. Und gleichzeitig luftig leicht zu sein.

Sobald sie in der Villa angekommen, durch den langen Flur mit den Mosaik-Fliesen gelaufen waren und die ersten zwei Zimmer gesehen hatten, wusste Frida, dass sie mit Liz ein Zimmer teilen wollte. Jeden Abend war Frida traurig über die Abreise, die näher rückte, und gleichzeitig freute sie sich auf jedes einzelne Gute-Nacht-Gespräch, das die beiden führten. Wie auf einen Lieblingspodcast. Beide bestaunten ehrfürchtig und andächtig Sonnenaufgänge, gingen morgens nackt im Meer baden. Liz fühlte sich für Frida wie zu Hause an.

Wenn Liz von ihren bewussten, erhellenden Erfahrungen von und ihrem Wissen über Tantra Kurse und synthetische und natürliche Drogen erzählte, saß Frida mit offenem Mund, Kopf auf den Händen, aufgestützt vor ihr. Sie wollte alles auf einmal wissen. Für Frida war es mutig und unbeschreiblich stark, wie Liz ihrer

Vergangenheit begegnete und in geführten Kursen Heilung fand. Durch ihre Erzählungen über Erlebtes eröffnete sie den anderen Frauen imaginäre Räume, von denen diese nicht wussten, dass und in welcher Dimension sie existierten.

Beim Nacktshooting im Sonnenaufgang am Meer war Frida berauscht von Liz Schönheit. In ihrem Blick lag so viel Sanftheit, gemischt mit Selbstsicherheit und Verletzlichkeit, Stärke, Wärme und Selbstliebe. Sie strahlte so viel Erotik, so viel sexuelle Energie aus, dass Lina, die die Fotos machte, und Frida selbst mit einer unglaublichen Energie gefüllt wurden. Frida sprang am Strand auf und ab, quietschte voller Entzücken, Begeisterung und Bewunderung darüber, wie sinnlich Liz von den Wellen umspült wurde.

Wenn Frida könnte, würde sie sich Liz Energie in ein Schraubglas zum Mitnehmen abfüllen, sie in die Luft pusten, sich dann darunter stellen, und spüren, wie Liz Energie wie sanfter Glücksstaub auf Frida hinabfiel. Wie gerne würde sie sich damit auf Knopfdruck umhüllen können.

8 Gaby

Eines der ersten Dinge, die Frida an Gaby wahrnahm, war das tätowierte Semikolon auf ihrem Finger. Auch wenn ihr Körper mit vielen anderen, größeren Tätowierungen geziert war, fiel Frida der kleine Strichpunkt sofort ins Auge. Erst am Tag zuvor hatte sie bei einer anderen Person ein tätowiertes Semikolon entdeckt und sich gefragt, welche Bedeutung es haben könnte. Viele Tattoos hatten keine Bedeutung, aber dass sie ein und dasselbe Symbol in so kurzer Zeit bewusst wahrnahm, das war ein Zeichen genauer hinzuschauen. „Es ist ein Zeichen für Depressionen", erklärte Gaby Frida, ein ernstes Lächeln erschien um ihre Mundwinkel. Depression war eine lange Lebensbegleiterin für Gaby und dennoch gelang es ihr immer wieder, ihr den für sie bestimmten Platz am Rand ihres Lebens zuzuweisen und so viel Licht und Wellen an Leichtigkeit in ihr Leben einzuladen, wie möglich waren. Die Lebensfreude, die in den Lachfalten um ihre Augen saß, übermalt die Schwere, die sich immer wieder durch ihr Leben zog. Sie erzählte von dem

„Project Semicolon". Demnach gehe ein Satz nach einem Semikolon weiter, genauso wie das Leben mit psychischen Störungen oder Erkrankungen weitergehe. Auch wenn Depressionen für manche Menschen so erdrückend waren, dass sie ihr Leben beendeten, so war es wichtig, depressive Episoden als ein Pause-machen, durchatmen, Energie sammeln zu verstehen und Betroffene durch sie hindurch zu begleiten.

Gaby war neugierig, offen und mitteilsam. Indem sie ihre Erfahrungen und ihr Wissen teilte, lud sie Menschen schon nach kurzer Zeit in ihr tiefes Innenleben ein und ermöglichte anderen von ihren Lebenserfahrungen zu zehren. Mit ihrer wärmenden Präsenz gelang es ihr, Hazel einen sicheren Raum auf dem Hinflug zu erschaffen, in dem sich diese fallen lassen, loslassen konnte. In Gaby war Liebe für viele Dinge versammelt. Sie freute sich jeden Tag aufs Neue in tiefer Faszination über Magnolienblüten, teilte Geschichten über ihre Liebesbeziehungen und auch in der Verbindung mit den anderen Frauen war sie liebevoll. Sie war eine der Frauen in diesen Tagen, die ihre gewonnenen Erkenntnisse über polyamore Beziehungen teilte, von ihrer offenen Ehe erzählte und wie sehr sie dadurch noch mehr bei sich selbst ankommen konnte.

Nach einer Operation lernte Gaby ihren Körper immer noch neu kennen und erforschte, wie er sich wann anfühlte, was er wie wann leisten konnte. In welcher Geschwindigkeit er sie durchs Leben trug. Der Gedanke an die Übernachtung in der Höhle ließ Gabys Gesicht genauso erleuchten wie das von Bea, Lina, Liz und Frida. Für sie bedeutete der Weg hinunter zur Bucht und am nächsten Tag wieder hoch auch, ihre Ängste an die Hand zu nehmen. Den steilen, kurvigen, unebenen Weg runter zum Meer, wo die Gruppe schlafen würde, mit sehr viel Achtsamkeit und in sich sein zu begehen. Langsam und bedacht würde sie ihre Füße vorsichtig voreinander setzen, um sich selbst ein wunderschönes Geschenk zu machen: Im Freien unter dem Sternenhimmel zu schlafen, das kraftvolle Meeresrauschen im Ohr. Gabys Körper war weich, wohlig warm. In ihrer Nähe zu sein beruhigte und zentrierte, ihre Umarmungen waren lang und sicher. Was für ein Geschenk, dass sie gut verbunden mit ihrem Körper war, Veränderungen annahm und nicht aus den Augen verlor, sich das schönste Leben zu ermöglichen.

9 Lina

Sobald Lina in Barcelona mit den anderen in der Wartehalle des Flughafens an einem Tisch saß und von sich erzählte, löste sich in Frida das Bild der unselbstständigen Mutter und Hausfrau auf, die ihren Flug nicht allein buchen konnte, sondern dabei auf ihren Mann angewiesen war. 'Wie schnell wir Menschen in Schubladen stecken aufgrund von Aussagen, die nur Fragmente vom großen und ganzen sind und die Realität nicht im Geringsten abbilden.' Neben der Scham über diese vorschnelle, unnütze Bewertung anhand von Nachrichten in dem Sturmfrei-Gruppenchat, machte sich Bewunderung in Frida breit. Lina war nicht nur Frau, Ehefrau und Mutter von drei Kindern – sie war auch selbstständig und hatte sich in den letzten Jahren ein eigenes Business aufgebaut. Plötzlich war Frida Fan Girl. Mit ihrer Energie und ihrer Businesshaltung war Lina Inspiration, die eigenen Träume zu verfolgen, den eigenen Wert und den Wert des eigenen Produkts zu sehen und dafür einzustehen.
Lina war die Lady unter den Frauen, die, die auf

dem Weg zur Höhle aussah, als wäre sie auf einen kleinen, eleganten Städtetrip, während die anderen mit großen und prall gefüllten Wanderrucksäcken klar signalisierten, wohin sie wirklich unterwegs waren.

Nach vielen Jahren harter Beziehungsarbeit waren Lina und ihr Freund in ihrer Beziehung so gefestigt, dass sie sich so nah waren, wie noch nie, und sich gleichzeitig so viel Freiheit schenkten, wie noch nie. „Ich bin die Pflanze und Tim ist die Vase. Er gibt mir Halt, aber ich brauche mehr Freiheit. In der Vase konnte ich nicht blühen, da war kein Leben. Die Beziehung war mir zu eng. Die Pflanze musste raus, *ich* musste raus. Ich gehöre nicht in eine Blumenvase, ich gehöre raus in die Natur." Was sie damit meinte: mit Tim will sie in Liebe und Zuneigung die gemeinsamen Kinder begleiten, aber um bei sich zu sein und bleiben zu können, musste sie Abenteuer erleben dürfen. Abenteuer, die sie daran erinnerten, dass da mehr war außer das Dorfleben als Partnerin und Mutter. Mehr als das Leben in einer monogamen Beziehung. In der Nacht am Meer schrieb Lina eine Nachricht: „Tim, mach dir keine Sorgen. Ich bin so nah bei mir und bald wieder auch ganz nah bei dir."

Manchmal müssen wir uns selbst wieder ganz nah kommen, um anderen nah sein zu können.

Lina erzählte von atemberaubenden Begegnungen mit einem Mann in einem Club und einer Szene an einem Bürofenster mit ihm, die für sprachlose, offene Münder sorgte. Lina schien erotische Abenteuer anzuziehen. Sie war voller Neugierde auf sich selbst und das Leben. Während Frida auf Kommando Rotz und Wasser heulen konnte, steckten Linas Tränen fest. Da war Faszination und Sehnsucht in Linas Augen, wenn sie Frida beim Weinen beobachtete. Und umgekehrt war Frida fasziniert und sehnsüchtig, wie Lina Wut ausdrücken und ausleben konnte. Denn Wut war es, die in Frida feststeckte. Wut für andere konnte sie ausdrücken. Aber ihre eigene Wut, Wut, die sie selbst betraf, saß hinter dicken Mauern. Abgeschottet. Die intensive Zeit, die die Frauen miteinander verbrachten, schenkte jeder Einzelnen unzählige Erleuchtungen und neue Zugänge, sich selbst zu verstehen. Sturmfrei war für sie eine Woche Intensivkurs, um das Leben besser verstehen zu können und um herauszufinden: „Was will ich wirklich?"

10 Lou

Als Frida Lou das erste Mal im Wohnzimmer der Villa sah, war sie irritiert. Lous Gesichtszüge waren verschlossen, sie schien in Gedanken zu sein und durcheinander wie das tosende Meer vor der Türe. Irritiert war Frida vor allem von der Tatsache, dass Lou eine spürbar hohe Mauer um sich hochgezogen hatte. Ging es hier nicht um Offenheit, sich gegenseitig spüren, sich nah sein, so wie Frida es mit den anderen Frauen bereits erleben durfte? Frida spürte Lou. Intensiv und klar. Nur auf eine andere Art wie sie es erwartet hatte.

Wenn Lou sich an Gesprächen beteiligte, dann auf eine unnahbare Art. Manchmal sah Frida sie weinend im Dunkeln auf der Couch sitzen. Frida spürte ihren Stress, aber war unfähig auf sie zuzugehen und ihr zu begegnen. Also ging sie Lou aus dem Weg. Immer wenn ihr bewusst wurde, wie ein kühler Wind von Lou in ihr Herz wehte, atmete Frida. Bewusst. Tief. 'Mein Herz bleibt offen. Mein Herz bleibt weich. Ich werde da sein, wenn sie bereit ist. Sie

wird ihre Gründe haben.' Mantramäßig spulte
Frida diese Sätze in ihren Gedanken ab, um ihr
zugewandt zu bleiben. Sie wollte auch mit ihr in
Verbindung gehen, hinter die Mauern spüren
dürfen. Lou verhalf Frida zu Wachstum: Weich
zu bleiben und zugewandt, obwohl sie so unsi-
cher war, wie sie Lou begegnen sollte.
Blockiert von männlicher Energie brauchte Lou
Zeit, um sich davon freizukämpfen, die Ketten
zu sprengen, um im Hier und Jetzt sein zu können. Sie brauchte Zeit, um die Gedanken darüber loslassen zu können, was Äußerungen von
Männern in ihr zerstört hatten. Wie ihr Körper
rücksichtslos und respektlos bewertet wurde.
Ihr Körper, der vier Kindern das Leben schenkte. Sie brauchte Zeit mit sich selbst, um sich
spüren zu können. Lou lebte die ersten Tage in
ihrer eigenen Welt und zog sich zurück, blieb in
der Villa, während die anderen Frauen die Insel
erkundeten.

Der Wandel kam an einem Morgen am Pool,
als sie Orakelkarten zogen. Während Linda die
Bedeutungen der Karten vorlas, wurde Lou zu-
tiefst berührt von der Kraft, die sich daraus ent-
wickelte. Davon, dass die Worte, die durch Lindas sanfte Stimme in ihr Herz getragen wurden,
so treffend waren. So wahr. "Ich kann irgendwie

einfach nicht hier ankommen", seufzte sie und wischte sich eine Träne aus dem Augenwinkel. Überspielte ihre Betroffenheit mit einem verhaltenen Lachen. Während die Gruppe sich für eine Nacht am Meer aufmachte, blieb Lou in der Villa.

Und dann, endlich, stand Lou bei der Rückkehr am nächsten Tag mit ausgebreiteten Armen am Pool, ein herzliches, offenes Lächeln im Gesicht. 'Sie hat sich die Wärme wieder nach Hause geholt. Die Lebensfreude', dachte Frida erleichtert. Lou hielt Frida fest. Vielleicht hielt sie sich auch an Frida fest. Egal wie, Frida konnte endlich etwas davon spüren, was die letzten Tage verborgen war. Die Mauer um Lou war zusammengebrochen. In ihrer Umarmung lagen tausende unausgesprochene Worte und ihre Wärme mischte sich in die untergehende Abendsonne und in das herzliche, leichte Lachen der anderen Frauen.

Lou hatte Zeit gebraucht, um auf der Insel und in der Gemeinschaft der Frauen anzukommen und hatte sie sich genommen. Sich selbst an erste Stelle zu setzen, um die eigenen Bedürfnisse zu stillen, sanft zu sich sein – Dinge, die vielen Menschen schwerfallen und viel Mut und Selbstwert kosten, um dafür einzustehen. Das hatte Lou sich ermöglicht.

Joghurt 24

11 Bea

Bea war die spritzige Prise Humor, die überraschend für herzhafte Lacher und amüsierte Schmunzler sorgte. Sie war Meisterin im Geschichten erzählen. Liebevoll malte sie jedes erdenkliche Detail aus und zog die Frauen dadurch in ihren Bann. Es gelang ihr, Geschichten so zu erzählen, dass das Gefühl entstand, selbst dabei gewesen zu sein. Liebevolle Selbstironie beschrieb ihren Erzählstil vielleicht am besten. In Beas Kopf war Kirmes, sieben Gedanken wurden gleichzeitig gedacht. Wochentagen ordnete sie Farben zu und Menschen Nummern. Bea war für neurotypische Menschen schwer zu begreifen, für Frida jedoch nicht. Durch die Zeit mit Bea verstand Frida, wie wichtig es war, sich mit Menschen zu umgeben, die sich fernab des neurotypischen Denkens bewegten. Frida verstand, dass sie sich weniger anders fühlte mit Menschen, die genau wussten, was in ihr vorging, wie sich Dinge anfühlten und es sich nicht nur vorstellen konnten. Neben Bea konnte Fridas Universum aus Chaos, Glitzer und Sternenstaub frei strahlen. Die beiden waren auf einer anderen Ebene connectet, sie trafen sich manchmal auf der Kirmes in ihren Köpfen und lächelten sich bestätigend zu. Manche Verhaltensweisen von Frida und Bea waren für viele Menschen nicht nachvollziehbar, für die beiden aber schon. Sich selbst nicht so ernst nehmen, sich in der eigenen Besonderheit und Einzigartigkeit annehmen, das Leben fließen lassen, das lernte Frida von Bea in diesen Tagen.

Neben ihrem Witz und ihrer Leichtigkeit schwang immer wieder in sanften Böen ein Schmerz mit. Der unerfüllte Wunsch lag Bea manchmal noch schwer im Magen, manche Situationen versetzten ihr immer noch einen Stich ins Herz, mittenrein in den unerfüllten Kinderwunsch. Gemeinsam mit ihrem Mann hatte sie eine Odyssee an medizinischen Terminen hinter sich, viele Hoffnungs-schimmer, noch mehr Enttäuschungen. Anzunehmen, dass neben Bea, Ben und Bärbel, dem Hund, kein Kind ihre Familie ergänzen würde, war von Zeit zu Zeit noch schwer. Und gleichzeitig liebte sie ihr Leben wie es war, die Unabhängigkeit, die vielen Erfahrungen, die sie machen konnte, weil sie keine Mutter war. Für Frida war es bewundernswert, wie Bea und Ben gemeinsam durch diese prägende und schwere Zeit gewandert waren, Höhen und Tiefen angenommen und sich dabei nicht verloren hatten. Sie lebten vor, dass eine Beziehung an einem unerfüllten Kinderwunsch nicht zerbrechen muss, auch wenn viele Beziehungen diese Erfahrung nicht überstehen. Für sie war kein Kind das Klebematerial ihrer Beziehung, sondern ihre Liebe füreinander, ihre Zugewandtheit, ihr stetiges in Kontakt sein.

Himbeerjogurt 24 – diese Wortkombination war aus Beas Gedanken entstanden. Eines Abends saßen die Frauen am Pool, der Sternenhimmel über ihnen. „Welche Zahl hat für euch Himbeerjogurt?", fragte sie in die Stille hinein. „Für mich ist Himbeerjogurt eine 24. Und Donnerstag, welche Farbe hat der Donnerstag für euch?" Frida runzelte ihre Stirn. „Du musst es fühlen", grinste Bea sie an. „Das kannst du doch gut, Frida, du musst einfach fühlen, um zu wissen, welcher Tag welche Farbe hat."
Himbeerjogurt 24. Dieser Urlaub fühlte sich für Frida an wie Himbeerjogurt 24: Leichtigkeit, Verbundenheit, Glückseligkeit.

12 Glück seufzen

Am Montag fuhren die Frauen nach Santa Cruz und anschließend zu dem Wasserfall, den sie wohl alle schon über Marias Instagram Profil kannten. Wie gut die Bäume rochen, wie gut sich ihre bloße Existenz anfühlte. Zwischen ihnen fühlte sich Frida winzig klein und absolut ruhig. Ihre tiefe Verbundenheit in die Erde, von ihren Wurzeln bis zur Baumkrone, erinnerte sie jedes Mal aufs Neue daran, wie sehr sie sich so eine Verbindung wünsche. Eine Verbindung, die sich durch ihren ganzen Körper, ihr ganzes Sein zog. Sie wusste, dass diese Verbindung bei ihr nicht von allein entstand, sondern liebevoller Arbeit bedurfte.

Heilung.

Sie liefen hintereinander den schmalen, steinigen Weg zum Wasserfall und standen schließlich erstaunt vor der reißenden, lauten Energiemasse. Sie waren im Vergleich so klein. So sanft. Irgendwie unbedeutend.

Während für Gaby klar war, dass sie sich nackt

darunter stellen würde, zögerten die anderen. Als zweites war es Lina, die nackt in Richtung Wasserfall lief. Frida spürte ihr Kribbeln, ihre Freude über diesen Ausbruch von dem, was man eigentlich nicht tut. Wie so oft konnte sich Frida nicht darauf konzentrieren, was sie fühlte und was sie gerne wollte, sondern zerbrach sich ihre Gedankengänge. 'Was, wenn jemand kommt? Wie würde sie sich ohne Handtuch abtrocknen? Was, wenn sie krank werden würde?' Und dann, zwischen Sorgen und Zweifeln und dem Verkopften blitzte die Neugierde durch. Die Unbedachtheit. 'Was solls?! Genau dafür bin ich hier', strömt es ihr durch den Kopf. Ein Glücksseufzer durchfuhr sie. Sie lebte ihr Leben in vollen Zügen. Sie spürte sich.

Grinsend legte sie ein Kleidungsstück nach dem anderen ab und mit ihnen sich selbst gesteckte Grenzen. Vorsichtig tapste sie über die kleinen rutschigen, glatten, spitzen Steine. Mittlerweile stand auch Liz nackt bei den anderen und genoss die Kraft des Wassers, das auf sie herabströmte. Frida konnte es nicht glauben, was sie da gerade tat, und war gleichzeitig so froh darüber, dass sie sich von der Magie hatte mitreißen lassen. Mit ihrem baumelnden Tamponfaden stand sie unter diesem Wasserfall. Selten war Zyklustag 1 so gut. Noch etwas schüchtern versteckte sie ihren nackten Körper vor der Kamera in Marias Händen, die diesen Moment festhielt. Gaby, Lina, Liz und Frida freuten sich wie kleine Kinder. Da war so ein Strahlen in ihren Augen. Faszination. Wie einfach dieser Moment war, aber wie tief er sich anfühlte. Verbunden in sich selbst. Mit ihren Körpern, mit der Natur, untereinander.

Das Wasser floss an den Kurven der Körper hinab. Andächtig waren die Blicke, wenn die Frauen nach oben schauten, dem Wasser entgegen.

Da war so viel Glück in ihnen.

Wie schwer wiegt Glück?

Zurück in der Villa sprangen sie kurz in den Pool, um sich anschließend fertig für das Abendessen zu machen. Während Frida Wassertropfen aus der Regendusche die Haut hinab tanzten, füllte sich ihr Herz wieder mit Wärme. Der Schub war so vehement, dass er bis in ihre Finger- und Fußspitzen ausstrahlte. Das freie, herzliche Kichern und Lachen, das von draußen durch das geöffnete Fenster zu ihr drang, erfüllten sie. Hüllten sie ein wie ein warmer Morgenmantel. ‚There's no place I'd rather be‘, dachte sich Frida grinsend.

13 Sternenklar

Orakelkarten wurden zu einem Morgenritual, das die Frauen fast täglich zelebrierten. Nicht nur einmal spürten sie die Magie der Karten und was sie in ihnen auslöste. So treffend, so überraschend, so aufwühlend, so ermutigend. Dieser eine Morgen, an dem Linda und Frida Karten für Frida zogen und Linda mit ihrer sanften Stimme die Bedeutungen vorlas, traf sie alle unerwartet. Fridas Augen wurden geflutet, Banne brachen, sie stand unter Wasser. Nicht nur bei Frida wanderten Tränen, auch die anderen waren tief berührt. Sie schenkten ihr so viel Halt, stärkten sie mit ihrer Energie. Frida fühlte sich beschützt im Kreis dieser Frauen. Sie fühlte sich beschützt, einfach neben ihnen zu sitzen und ihre Verbindung zu spüren.

Wenn Frida mit den anderen Frauen im Meer schwamm, sie sich von sanften Wellen treiben ließ und von den starken durch gewirbelt wurde, konnte sie Glück in einer anderen Dimension spüren. „Glück. Das fühlt sich hier so anders, so gut, so anders gut an." Zu bestaunen,

wie sich der Himmel fast täglich in den schönsten Farben verfärbt, war eine von Fridas liebs-
ten Beschäftigungen. Für sie war es Magie, was
dort am Himmel passierte. Majestätisch wandelte sich das Farbspektrum, nie gleich, immer
anders, und doch war es immer das gleiche, was
passierte. Sie liebte es, wenn sich die Sonnen-
strahlen über den Himmel erstreckten, manchmal hinter Wolken versteckten, manchmal völlig blankzogen. Manche Sonnenuntergänge
waren schüchtern, zurückhaltend, andere wie-
derum imposant und selbstbewusst. Wie sich
das Licht in Dunkelheit wandelte, faszinierte sie
jedes Mal aufs Neue. Wie sich die Sonne jedes
Mal wieder aus der Dunkelheit heraus kämpfte,
zelebrierte sie immer wieder, als sähe sie es zum
ersten Mal. Ihr Blick verfing sich in dem rot
leuchtenden Himmel, der hier und da in lila
und orange Töne floss. „Ich brauche wirklich
nicht viel zum glücklich sein. Gib mir einfach
einen bunten Himmel", flüsterte sie ehrfürchtig
in den Abendhimmel hinein.
Als sich Frida am Abend mal wieder neben Liz
in ihr Bett kuschelte, war sie voller Vorfreude
auf den morgigen Tag. Nach dem Frühstück
wollten sie mit den beiden Autos losfahren zur
Höhle, mit Zwischenstopp am Food Truck von
Gabriel, der jeden Abend ein fabelhaftes vegan-

vegetarisch-gluten-und-soja-freies Abendessen zauberte. In der Höhle übernachten würden alle bis auf Lou und Linda.

Aufgekratzt und neugierig kamen sie am nächsten Morgen nach der Stärkung am Parkplatz an. Auf dem Weg hinunter zum Meer teilte sich die Gruppe. Während Liz, Bea, Hazel, Lina und Frida Kurve um Kurve, Stein um Stein, Höhenmeter um Höhenmeter hinter sich ließen, immer tiefer hinabstiegen und dem Meer immer näherkamen, waren Maria und Gaby gemächlicher unterwegs und manchmal außer Sicht. Der freie Blick auf das Meer löste Begeisterung in den Frauen aus. Die Sonne brannte vom Himmel, es war heiß und die voll bepackten Rucksäcke mit Schlafsäcken, Isomatten und Avocado, Knäckebrot und anderen Leckereien erschwerten den Abstieg. Mit dem Ziel vor Augen konnte das alles ihre Stimmung aber nicht trüben: Eine Nacht unter freiem Himmel schlafen, sternenklare Sicht, das Meer nur wenige Schritte von ihnen entfernt. Entzückung machte sich breit in den Augen, wenn Liz Blick andächtig auf dem Horizont ruhte und in der Stimme, wenn aus Frida ein zufriedenes 'mmmmmmh' strömte.

14 Göttinnen der Abendsonne

Unten angekommen bestaunten sie den Ort, an den Maria sie geführt hatte. 360 Grad Natur. Was für ein Geschenk! Inmitten der dankbaren Stille stand plötzlich Florian der Flötenspieler vor ihnen. Ob er sich dazu setzen dürfe, er käme häufiger an diesen Ort zum Flöte spielen. Frida bemerkte die Veränderung in den Frauen und in der Energie, die in der Luft vibrierte. In die Ausgeglichenheit mischte sich eine amüsante Unruhe. Vielleicht war es auch eine Prise Überforderung mit dem Mann in weiter Kleidung, Strick Umhängetasche und einer großen Blockflöte. Es hatte etwas magisch Absurdes an sich, wie er den Frauen gegenübersaß und etwas vorspielte, nachdem Maria danach gefragt hatte. Die Töne mischten sich mit dem Rauschen der Wellen. Während sich die einen mit geschlossenen Augen andächtig in den Bann der Musik ziehen ließen, war vor allem Bea damit beschäftigt, nicht loszuprusten. Ausgerechnet Bea, deren trockene Mimik den Anderen schallendes Gelächter entlocken konnte.

Nachdem sie den Schlafplatz unter einem Fels-
vorsprung, hinter einer hüfthohen Steinmauer
eingerichtet hatten, balancierten die Frauen in
ihrer natürlichen Nacktheit über Steine, die so
groß waren wie ihre Wanderrucksäcke, zu
einem Whirlpool zwischen ebenso großen Steinen. Dort wurden sie vor der ursprünglichen
Stärke der Wellen geschützt, die aber dennoch
genug Energie in sich trugen, um einem Whirlpool alle Ehre zu machen. Meterhohe Wellen
wurden vor den Steinen gebrochen und spülten
wilde Schaumkronen in den Pool. Zuhause
wurden die Frauen oft jede für sich von den
wilden Wellen des Alltags durchgespült, es fehlte oft an Wellenbrechern, um die Energie des
Alltags abzuschwächen. Zuhause hatten sie
nicht alle diesen Halt, den sie hier spüren durften: gehalten werden, egal von welcher emotio-
nalen Welle sie überrollt wurden. Im Schutz der
Gemeinschaft waren Frida und die Frauen jede
für sich Grenzüberschreiterinnen. Sie wuchsen
und wuchsen in diesen Tagen; eine Schicht
nach der anderen explodierte mit leisem Feuer-
werk von ihnen ab. Sie alle machten sich nicht
nur frei von ihrer Kleidung, sondern auch, jede
auf ihre eigene Art, frei von Glaubenssätzen, die
sich tief in ihr Sein eingebrannt und sie zurück-
gehalten hatten. Durch Sturmfrei durften sie

sich bewusst machen, wie befreiend es war, sich in die Energie von Frauen fallen zu lassen, aufgefangen zu werden, ihr wildes Herz entdecken zu dürfen, fernab von Normen, Werten, Gedanken, die ihnen nicht dienlich waren und sie zurückhielten. Sie waren Göttinnen in der Abendsonne, ließen sich treiben von ihren Gefühlen. Wurde Frida in einem Moment von Unbeschwertheit erfüllt, schrie sie im nächsten Moment angestaute Wut und Anspannung in den Sonnenuntergang und übergab sie den Wellen. Erfüllt von Schmerz und Wut, gehalten von der puren Anwesenheit anderer Frauen, war das Loslassen von beidem so viel leichter. Um sie herum brachen sich Wellen vor dem Sonnenuntergang, spritzten Salzwassermikropartikel in die Luft, hüllten die Bucht in einen leichten Nebel.

Es war schon lange dunkel, die ersten Frauen dämmerten langsam in den Schlaf, als Maria ein norwegisches Kinderlied anstimmte und damit die Frauen und sich selbst in den Schlaf geleitete. Wie beruhigend einfache Dinge sein konnten. Ein Kinderlied, Verbindung, Sternenhimmel.

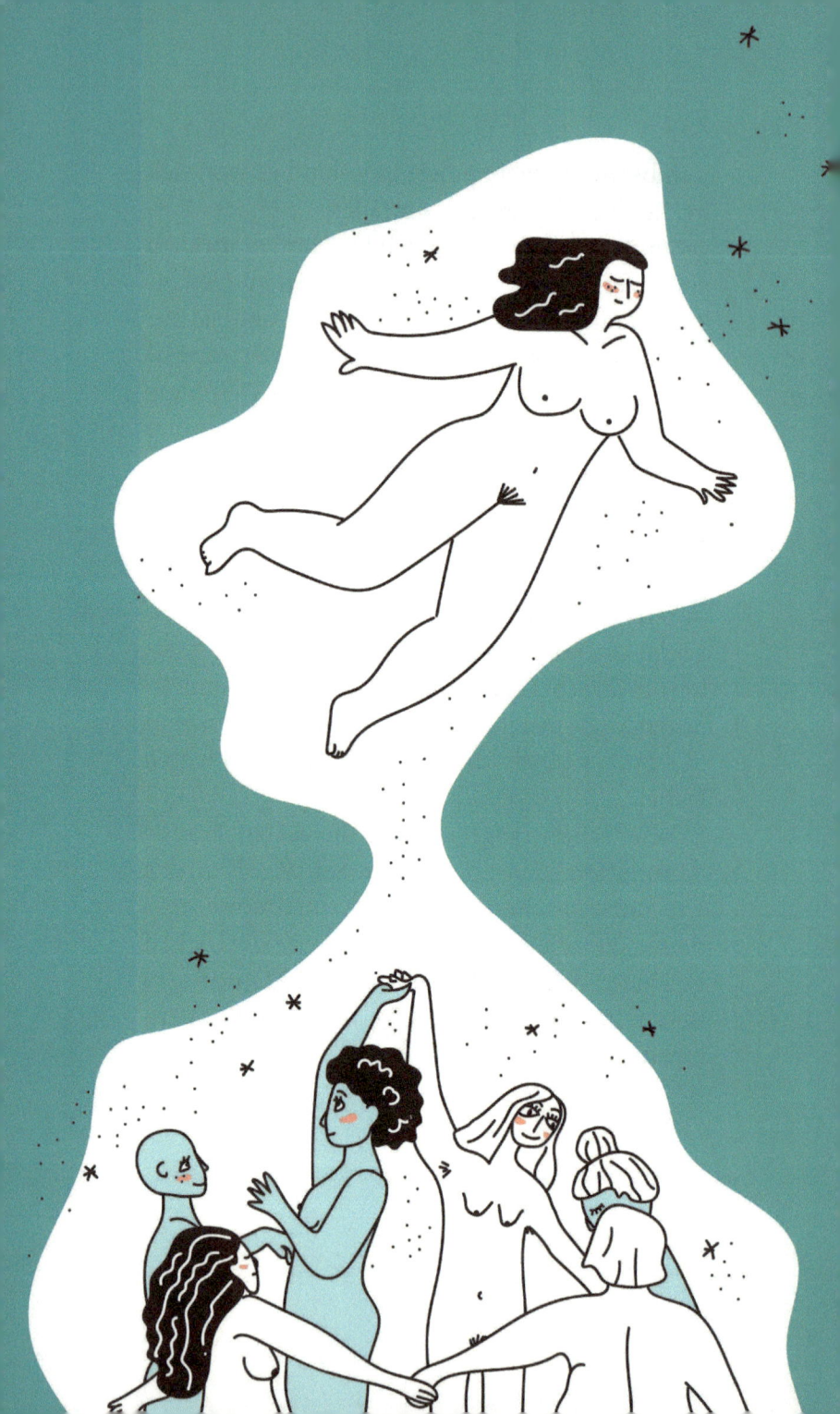

15 Schwerelos sein

Früh am Morgen war es für Frida dann so weit. Wild kacken. Sie musste an Lindas Worte denken, dass Zeremonien ihr so viel geben würden. Eine Kack-Zeremonie unter dem klaren Sternenhimmel auf La Palma in einer warmen Herbstnacht. Das Kack-Loch unter ihr, Millionen von Sternen über ihr. Frida war fasziniert von dem Sternenteppich, der den Menschen viel zu oft verborgen blieb, fasziniert von dem Meeresrauschen, das in ihr Wellen schlug und sie beruhigte, fasziniert von den Tieren der Nacht und ihren penetranten ‚Uaaa-ua-ua-uaaa‘ Geräuschen. An Zyklustag 4 konnte Frida überglücklich feststellen, dass sie den allerschönsten zyklischen Winter seit langem erlebte. Sie war selig, dankbar, erfüllt. Schwerelos.

Wieder eingekuschelt in ihrem Schlafsack blickte sie andächtig in den Sternenhimmel und konnte nicht nur eine Sternschnuppe bei ihrem Flug durch den frühen Morgen beobachten. „Wir müssen öfter in die Natur entfliehen. Innehalten, abschalten, einatmen. Uns der Natur hingeben und uns mit ihr verbinden. Maria meinte gestern, 'Ich bin Natur. In der Natur fühle ich mich am schönsten'. Sie hat recht. Die Natur verurteilt nicht. Sie wertet nicht, erwartet nicht. In der Natur dürfen wir einfach sein. Existieren. Es gibt kein Vergleichen. Nur staunen und überwältigt sein. Wir sollten öfter in der Natur auftanken." Ein tiefer, zufriedener Seufzer. Als würde längst überflüssiger Altballast von Frida abfallen.

Als die anderen wach waren und sich Frida zu Bea, Liz und Lina umdrehte, füllten sich ihre Augen mit Glück. Das Universum hatte sich etwas dabei gedacht, sie alle in diese Woche zu mischen. Frida war erfüllt, fühlte viele Gefühle noch intensiver als sonst. Ihr Herz fühlte sich an, als ob es kurz vor der Sprengung wäre. Aber nicht vor Schmerz, wie so oft in den letzten Monaten, sondern vor Glück. Es stand kurz vor einer Glückssprengung.

Wie in den Tagen zuvor schwang auch beim Frühstücks-Picknick auf den bunten Decken das Thema „Loslassen" in der Luft. Menschen loslassen, angelernte Denk- und Verhaltensweisen loslassen, Träume und Wünsche loslassen. "Manchmal braucht das Herz länger um loszulassen." Mal wieder traf Maria mit ihren Worten mitten rein. Nach dem ausgedehnten zwei Stunden Frühstück, das mit einem wunderschönen, klaren Regenbogen über dem Meer geschmückt wurde, war es Zeit zusammenzupacken und auf den Vulkan zu fahren. Sie hatten sich durch ein Potpourri an Themen gesprochen: Ängste, Sex Magic, unerfüllte Kinderwünsche, ADHS in Partnerschaften, Analverkehr. Tabuthemen gab es nicht. Während sich alle in ihrem Tempo fertig für den Tag machten, entdeckte Frida, wie Gaby vorne am Meer stand und die Wellen ihre Füße umspülten. Bemüht, nicht umzuknicken, balancierte sie über die kleinen und großen Steine. Als sie fast bei Gaby angekommen war, rief sie, strahlend über diese gerade gewonnene Metapher: "Das ist, als wären die Steine die Depression. Es ist holprig, schwer, steinig, aber da ist was, wenn du es durch geschafft hast. Da ist Mee/hr." Ein nachdenkliches Lächeln legt sich um Gabys Lippen. Es war unbeschreiblich, wenn Menschen verstanden, wie sich Depression tatsächlich anfühlen konnte und wenn Visualisierungen halfen, das Erlebte zu transportieren.

16 Nacktheit erleben

Nachdem sie sich fast eine halbe Stunde durch Serpentinen den Weg auf 2426 m hoch geschlängelt hatten und nachdem Maria die anderen Frauen mit ihrer Lebensfreude und ihre Unbekümmertheit angesteckt hatte, strahlten befreite und entblößte Frauen und Brüste für das Erinnerungsfoto über den Wolken in die Kamera. Da war so viel Energie in diesem Moment. Stillschweigend wirkte er in ihnen nach, während die Sonne wie eine warme Umarmung um jede einzelne der Frauen ruhte. Frida merkte, wie Tränen aufstiegen und über ihre heißen Wangen kullerten. Glück und Dankbarkeit lagen in ihrer gebrochenen, bebenden Stimme, als sie mit geschlossenen Augen die Stille brach: "Meine Mutter meinte letzte Woche, als sie mich am Telefon durch eine Panikattacke begleitete, ich solle in guten Zeiten Momente, Gerüche, Geräusche in einem imaginären Glas sammeln, damit ich an schlechten Tagen davon zehren kann." Frida hielt kurz inne, um ihren Atem zu beruhigen. "Das hier, das ist einer der Momente". Als sie ihre Augen wieder öffnete, ruhte Marias liebevoller Blick auf ihr. "Darf ich dich umarmen?" Frida nickte. Aufgewühlt in sich ruhend standen sie umschlungen auf dem Vulkan, der genau das widerspiegelte. Eine ruhige Aufregung. "Danke für dein Sein. Danke, dass du dein Herz aufmachst. Danke, dass du deine Gefühle teilst." Marias Worte legten sich wie ein dünner Wohlfühl-Mantel um Frida.

Auch am nächsten Tag, dem letzten der gemeinsamen Zeit, raschelten die Palmblätter im Wind, das Meeresrauschen doppelte sich an der Hauswand. Liz, Frida, Lou und Hazel wurden nackt von den Wellen umspült, von der aufgehenden Sonne erleuchtet und von Lina für immer fotografisch festgehalten. Liz hatte an diesem Tag Geburtstag und die Frauen füllten ihn mit wunderschönen Erlebnissen. Morgens das Nacktshooting am Strand, ein gemeinsames Frühstück, Karten legen, Texte aus einem Buch lesen. Mittags saßen sie an einem kleinen Tisch, auf weißen Plastikstühlen in einem Straßencafé, eng aneinander unter einem Sonnenschirm. Nebenan war das Tattoo Studio, in dem sich fast alle eine Erinnerung für immer unter die Haut stechen ließen. Zurück in der Villa wartete eine Geburtstags-Snickers-Torte auf die Frauen, die es in sich hatte. Dem genüsslichen

Stöhnen zufolge hatte Gabriel wieder sein Bestes gegeben. Genuss - ein Wort, das diesen Urlaub so gut beschrieb. Ein Nacktfotoshooting auf einem Bastsessel füllte den Nachmittag und das Selbstbewusstsein der Frauen. So viel Nacktheit erleben wie in dieser Woche, die Körper der anderen Frauen sehen – das war etwas, das Menschen viel häufiger erleben müssten. Nach Tacos zum Abendessen stießen die Frauen in einer Cocktailbar auf die magische Zeit an. Der Himmel über ihnen stand in Flammen, so intensiv wie an keinem Abend bisher brannte er in den kräftigsten Rot- und Orange-Tönen.

Die letzte Nacht schlief Frida am Pool, der Sternenhimmel über ihr, das Meeresrauschen in ihren Ohren, der warme, sanfte Wind streifte über ihr Gesicht. Vielleicht fühlte sie diese tiefe Ruhe, wenn sie den Sternenhimmel betrachtete, weil er beides war: Licht und Dunkelheit. Vielleicht lehrte er wie sonst nichts und niemand, dass beides gleichzeitig existieren konnte, dass die Gleichzeitigkeit Magie entstehen ließ.

17 Strahlendes Mosaik

Die Auszeit auf La Palma war für Frida wie eine Neugeburt. Sturmfrei hatte Frida acht Tage Schwerelosigkeit geschenkt, Halt in sich selbst, Sicherheit in ihr anfangs fremden Frauen, Bestärkung in ihre innere Strahlkraft und vor allem eins: wie glitzernd ein Leben in Neugierde sein kann. Niemals hätte sie sich vorstellen können, was dieser Urlaub in ihr bewegen, welche Wellen er auch nachträglich schlagen, wie lebensverändernd diese Auszeit, diese Reise zu sich selbst sein würde. Frida hatte gefunden, wonach sie Jahre lang gesucht hatte: Die tiefe Gewissheit, dass weibliche Energie sie tragen und emporhalten konnte. Es waren nie die Arme eines Mannes, in die sie heimkommen wollte, nach denen sie sich sehnte, sondern immer die Gemeinschaft von Frauen. Verbindungen, die so stark waren, dass sie sie über hunderte von Kilometern spüren konnte. Sie konnte eine romantische Verbindung zu einem Mann endlich als das sehen, was sie war: Ein Topping, keine essenzielle Zutat für ein richtig feines Leben. Frida war dankbar, dass sie erleben durfte, wie intensiv Verbindungen in einer Frauengruppe sein konnten und wie berauschend ihre Energie. Männer kommen und gehen, aber diese Erfahrung, sie würde für immer bleiben.

Sich von den Frauen zu verabschieden, bedeutete wieder loszulassen. Aber wie sollte sie Menschen loslassen, die sie noch nicht völlig greifen konnte? Sie waren sich in einem Rausch begegnet, fernab des Alltags. Diese Erfahrung konnte ihnen niemand nehmen. Die Momente, die sie teilten, den Wachstum, den jede für sich erlebte, das waren eingravierte Schätze. Dennoch würde die Zeit zeigen, ob und wie die Verbindung zukünftig weiter bestehen und wachsen würde. Am Flughafen verabschiedete sich Maria mit einer warmen Umarmung von den Frauen. „Wir bleiben in Kontakt, Frida". Im Flugzeug hallten diese Worte noch durch Fridas Kopf. War es nicht wahrscheinlich, dass der Kontakt irgendwann weniger werden oder vollständig abbrechen würde? ‚Wir bleiben in Verbindung', dachte sie sich. Frida lehnte sich zufrieden in ihren Sitz zurück und beobachtete, wie sich der Himmel wieder in den verschiedensten Tönen verfärbte. Sie wusste, dass alles irgendwann ein Ende haben würde, die Gewissheit aber, dass ihr diese intensive Woche auf La Palma mit den Frauen niemand nehmen konnte, sondern ihr gehörte, schenkte ihr Zufriedenheit. Frida hatte erfahren dürfen, dass tiefe Verbindungen in kürzester Zeit explodieren konnten und dass platonische Liebe auf den ersten Blick möglich war. Sie hatte gelernt, wie schön es war nackt zu sein und wie unaufregend zugleich.

Sturmfrei hatte Frida ein Gefühl geschenkt, das sie zuvor niemals gespürt hatte: Himbeerjogurt 24, ein Mosaik aus Leichtigkeit, tiefer Verbundenheit und Glückseligkeit. Das Wichtigste jedoch war die Erkenntnis, dass sie in ihrer tiefsten Dunkelheit, in der lähmendsten Leere, in einer mittelschweren depressiven Episode fähig war, sich selbst das Licht anzumachen und Entscheidungen zu treffen, die ihre strahlendste Version stärkten und ihr Raum zum Atmen und Leben ermöglichten. Frida war sich bewusst, dass die Dunkelheit sie jederzeit wieder heimsuchen konnte. Aber sie war sich auch bewusst, dass sie die Fähigkeit in sich trug, gut für sich selbst zu sorgen und im Zweifel das Semikolon zu wählen und nicht den Punkt

;

ALEXANDRA VOGEL

Alexandra Vogel lebt in Stuttgart und wirkt unter anderem als Sozialarbeiterin und Wortkünstlerin. Angetrieben wird sie von Gerechtigkeit, Gefühlen und dem Wunsch, Räume zu öffnen, in denen erlernte Denkmuster und Verhaltens-weisen aufgebrochen werden können. Als Sozialarbeiterin arbeitet sie mit jungen geflüchteten Männern* und führt Workshops für Fachkräfte durch. Als Wortkünstlerin bietet sie Schreibwerkstätten an, schreibt Texte und beleuchtet Themen, die nicht oder zu wenig besprochen oder tabuisiert werden. Nachdem sie sich selbst aus einer mittelschweren depressiven Episode befreit hat, möchte sie unter anderem mit diesem Buch für mentale Gesundheit sensibilisieren und Lichtblicke schenken. In einem einfühlsamen Schreibstil verbildlicht sie die Wichtigkeit von zwischenmenschlichen Beziehungen.
"Himbeerjogurt 24 - zum Mitnehmen"
ist ihr viertes Buch.
@oh_frauvogel

Loved this book?
Why not write your own at story.one?

Let's go!

Zeitfracht Medien GmbH
Ferdinand-Jühlke-Straße 7
99095 Erfurt, Deutschland
produktsicherheit@kolibri360.de